쌩크림 태양

그토록 시리즈3 · 청소년 시집

그토록 시리즈는 그대를 토닥이고,
또로록 떨어지는 눈물을
매만지고픈 『곁애(愛)』의 가치입니다.
상처에 바르는 연고처럼,
그대의 아픔에 가닿고 싶습니다.

생크림 태양
ⓒ 조하연 2023

초판 1쇄 2023년 12월 31일 · **시** 조하연 · **그림** 우샤샤 · **디자인** 우샤샤
기획 문화예술 협동조합 곁애(愛) · **펴낸이** 여삼구

펴낸곳 도서출판 곁애(愛) 서울시 구로구 신도림로 13길 51, 1F
제작처 경성문화사 · **팩스** 02-6442-5552 · **인스타그램** @besidu_u_love
홈페이지 https://besidecoop.com · **출판등록** 제25100-2015-000096

ISBN 979-11-979872-3-6

이 도서는 2023년도 한국문화예술위원회 아르코문학창작기금 발간지원 사업에 선정되어 발간되었습니다.

쌩크림 태양

조하연 청소년 시집

결애愛

저마다
자신의 기원이고 마는 그곳이 있다.
그곳의 명암이 짙을수록 질겨진 그림자는
주인공 되어 마음을 이끈다.
틈을 내 나쁘기는 수월하지만
착하기는 어려웠다.
그럴수록 나에게 착하다는 말을 수시로 건넸다.
수월한 나쁨이 익숙해지지 않기를 바랐다.
가만히 마음의 주인이 그림자와 뒤바뀐 걸 알아차린 날
끝끝내 그림자를 이끄는 오롯한 내가 되리라 다짐했다.
다정한 말의 씨를 마음에 심는다.
따라 걸으니 전에 없이 내일이 기다려진다.
그런 날이면
'좋은 때다, 좋은 때다' 라는 말이
길 끄트머리에 활짝 피었다.
그대가 도착할 그곳 또한
부디 좋은 때이기를.

- 달리는 하연 -

차례

I

마음을 나누고

II

마음을 빼앗기지만

III

다시 보다 보면

IV

어느새, 두 배가 된 마음

I

마음을 나누고

어떤 어른이

그날
그 자리에서

죄송하고
고마운

두 마음이
동시에 드는 거야.

죄송합니다
고맙습니다

둘 중 하나만 하자니
찜찜하고 아쉽고

둘 다 하려니
멋쩍은 찰나였어.

그럴 땐
'어떡해요?' 물으니

하나는 눈으로
다른 하나는 입으로 하래

내 어깨를 톡톡 두드리며
순서쯤이야 아무렴 상관없으니

헷갈려 말래.

MBTI

성격 유형 검사 지표
그게 대체 뭐길래
너와 나 우리를
고작, 열여섯 조각으로 나눠?

난 그냥 나인데.

작년엔
내가 말만 하면 T래
딱딱 잘라 말하니
공감 능력 제로인 T라는 거야

그런데 그거 알아?
번번이 철딱서니 없는 말만 늘어놓은 애들 앞에서
쯧쯧, 혀 차고 싶은 걸 꾹꾹 참은 거라고.

그땐 그랬어.

그런데 올해
나를 본 애들은 F래

그냥 F도 아닌 전형적인 F래

하는 말마다 나보다 크고
생각지도 못한 고민거리에는
온몸이 절로 끄덕여

그러니

나×별로 일 때=T
나×흥이 날 때=F

그냥,
그게 나인 거야.

변수에 따라 달라지는
이게 나인 거라고.

일요일 손금

아빠
엄마
　　나　　단
　　　　지

일요일 바닥에
갈래갈래 엉켜
낮잠을 잔다

낮의 잠 낮의 꿈을
낮게 낮게 타고
도는 온기

붉은 듯 밝은 듯
익은 혈색으로
녹아드는 거실

저녁은
힘껏, 노을을
끌어 올리고

心체실험

- 봄방학 편

이제, 넌
방학이 아니구나.

차라리 어서어서
교실에 앉아있는 게 낫겠어.

책상에 누워
험난할 고2를 상상하는 건 너무 잔인한 실험이야.

단잠 같던 '봄방학'이란 나의 시기가
수시로 분열해 공중에 흩날리는데

ㅂㅂㅎ   ㅂ

           ㅂㅂㅎ

      ㅎ   ㅏ   ㅂㅎ

ㅂ   ㅗㅏ   ㅎ   ㅗㅏ

어쩌면
좋아?

갈기갈기 해부 돼 버린
나의 꽃샘, 나의 별책, 나의 시기를.

아니 그게 아니라

커다란 트럭이면

'한 방에 훅 갈 수 있겠구나' 싶었어.

도로로 뛰어들려는, 찰나!

초록 싹이 확 뒷덜미를 채는 거야.

덜 자란 초록이 '얘, 어디가! 미쳤어!' 하는데

기가 막혀 한참을 봤어.

'어린 게, 쪼그만 게!' 시퍼렇게 날 노려보는데

곁에 선 민들레마저 샛노랗게

꼴도 보기 싫을 때 짓는

엄마 눈을 하는 거야!

죽을 뻔했고 만.

우리, 그만하자

그동안
정말, 정말
고마웠어.

난,
네가 노력한다고
노력하겠다고 말하던 날

정신이
번뜩 들었어.

애틋한 마음은
노력하면 안 되는
절로 되는 그런 건데.

'아차' 했지, 뭐야.
하마터면
아휴…….

정말

정말
난 괜찮아.

그러니 우리
오랜 친구

그거 하자.

날라리 마미

매년 크리스마스 전전전 날이면 명동성당을 찾는다.

다 커버린 오빠도 그날이면 으레 합류한다.

소싯적, 안젤라 엄마와 대철 베드로 아빠는

일주일에 열 번 성당을 오르내렸단다.

이제는 까만 추억이 되어버렸지만.

그런 엄마 혹은 아빠에게

매운 죄책감이 꽃샘추위처럼 휘몰아치기라도 하는 걸까?

그런 날이면 엄마는 아빠에게 아빠는 엄마에게

우리마저 성당엘 가면 하느님이 힘들 거라는

닭살 같은 핑계를 위로로 주고받는다.

그래선지 안젤라와 대철 베드로는

그나마 하느님이 덜 바쁠 것만 같은

크리스마스 전전전 날을 콕 찍어 명동에 있는 성당으로 향한다.

일 년 묵힌 신앙 때 밀러

떼로 간다.

가까운 눈물

'운다'라는 말
뚝 떼놓고 보면
하늘에 핀 구름 같은데

곁에 앉은 채랑이가
소리도
안 내고 울면

마음이
영하로 떨어져
난, 꽁꽁 얼고 말아.

그렁그렁
눈 속에 비칠 뿐
내 쓸모는 쓸쓸해져

딱딱해진 채로
언
심장만 쪼아.

가까운 눈물은

왜 그리
단단하고 뾰족할까?

단단하고
뾰족해 더,
따가운 눈물.

다퉈주세요

사나흘에 한 번
벽을 타고 파편이 흐른다
충돌한 마음과 마음 탓에
윗집이 산산조각 부서지는 중이야
플랫 된 아들의 목소리가 미끄러지고
문고리의 마찰음도 따라 흘러
그런데
어떤 날은 깔깔 깔깔깔깔 웃기도 해
왁자지껄 여럿의 웃음이 겹쳐 흘러내려
우리 집에도 여럿이 살지만
여긴 고요해
하도 고요해 요요한
가끔가끔
문득문득 부러운 윗집
여기
이곳도 그래 준다면
와장창 부딪힌 간밤의 마음
아침이면 감쪽같이 숨겨보고 싶어
지워지고 금 간 자리
채우고 메워보고 싶어
고요하고 투명하기만 한

도무지 기회조차 올 것 같지 않은 이곳
우리도 한 번쯤
그리 살 수 있다면
남들처럼
남
들
처
럼.

우문현^아답

수학 때문에 힘들다고 했더니
힘들다는 건 애쓰고 있다는 거라고
그러니 힘들 수 있는 거라고.

잘하는 게 하나 없는 것 같다고 하니
단점이 없으니 그리 느낄 수도 있겠다고
별걱정 다 한다고.

어떤 어른이 될지 두렵기도 설레기도 한다고 했더니
난 네 결혼식엔 꼭 갈 거라고
다른 애들하고 다를 것만 같다고.

p.s
어두운 시간을 건네면 넌 달을 그려 주었어!
현아야, 너로 인해 난 더 좋은 사람이 될 것만 같아.

자각몽 1
– '늘'에게

당당히
소홀했고

언제나
미뤄뒀어

사라지고
찾아 헤맸지만

만질 수 없다는걸
깨닫고 났을 땐, 이미

자각몽 2
– 너에게

슬퍼마

아직 네 곁엔

너만을 보고 있을

미처 알아차리지 못한

오늘 위에 놓인

'늘'이 가득한 걸.

자각몽 3
― '늘'에게

지금 여기

이곳의 '늘'을 디딜게

'늘'에게 나 또한 '늘'이 될게

'늘'에게 다른 '늘' 되어 머무를게

그동안 고마웠어.

잘 가, 나의 늘.

너의 물음에

'왜 울어?'
묻는 눈 있는가 하면

'왜 우는데!'
무는 입 있어.

다정한 걱정과 지긋한
짜증 사이에서

눈물은 그렇게
그렇게 철들며 말라갔어.

그런데도
잃어버린 것 많은

잊어야 할 것 많은
유월이면

유독 눈물이
잦아져.

이제는
'왜 우느냐!' 묻거든

당당하고
촉촉하게

주눅 들지 않고
말할 수 있어

그 무렵 찾아오는
장마 같은 거라고.

이해

10cm 자로

100cm 선을 그리려면

끊어지진 않을까?

흔들리면 어쩌나?

한시도 눈을 뗄 수 없는데

30cm 자로는 서너 번이면 충분해

자가 길어질수록

덜컥이지 않았고

삐끗, 실수도 덜했어.

II

마음을 빼앗기지만

다짐

저녁이 먼 날이면
밥 냄새는 왜 그리 가까운지

지하상가에 널린 '무조건 오천 원'하는
시간을 품은 시계 떼처럼

때가 되면 시계가 일러주는
저녁상으로 거슬러 오르지

그럴수록
난 가만히 여기를 딛고 내 방향을 더듬어

갈 곳을 잃은 마음에서
움직이지 않아도 되는 마음을 깨닫는 중이야.

저마다 지닌 시계 방향이 있듯이
내겐 멈춤이 알뜸맞은 방향이니깐

불안해 않으려 주먹 꼭 쥐고
여기, 지금의 때를

꾹
디뎌.

말 타기

부랴부랴를 태운 말이,
이랴이랴 간다,
이랴이랴를 태우고,
부랴부랴 간다,
접시에 오른 밥 김,
계란후라이를 쓸어 마신다,
입 벌어진 가방을 둘러멘다,
사거리를 무단으로 횡단하는,
강아지를 뒤로한다,
밥을 먹어도,
배가 고프다,
칠판에 매달린 선생님도,
사람일까 생각한다,
컵라면에 꺼먼 밤을,
쓱쓱 말아 넣는다,
부랴부랴 이랴이랴,
이랴이랴 부랴부랴,
함께 타야 할 것들,
태우지 못한 체,
가야 할 곳도 모른 체,
이랴이랴 부랴부랴,

부랴부랴 이랴이랴,
나를 태운 줄도,
나를 태우는 줄도,
모른 채로,
그런 채로,
부랴부랴를 태운 말이,
이랴이랴 간다,

인어처럼

아무리 울어도 아무도 들을 수 없어 엄마는 물질이 좋데요.

'나보다 물질이 좋냐' 물으면 그건 아니라는데

잘 울 줄 모르는 내가

도무지 울 줄 모르는

독한 내가 미워 물결에도 잠결에도 우는걸요.

엄마의 절반이 눈물인 것처럼

엄마의 눈물은 눈물의 마중물 되어

엄마는 점점 더 잘 울고 마는데.

불안한 날이면 '나보다 물질이 좋냐' 고 다그치지만.

늘 아니라 하고는 잠꼬대해요.

독한 것, 독한 것…….

물그림자 짓이겨진 파도가 하늘까지 솟구치는데

밤이 닳도록 바다에 녹아든 엄마 울음은 영영 돌아오지 않았어요.

'나보다 물질이 좋냐' 는 말은 혼잣말 되어

나를 타고 나를 흘러

바다로 숨어버린 엄마에게로 흘러들겠죠?

'나보다 물질이 좋냐' 는 물고기 같은 말 되어

파도를 타고 찰싹찰싹 엄마에게 가 닿겠죠?

월월

어떻게
혼이 나고도
배가 고프냐고요?

심지어
샤워할 때 콧노래가
나오느냐고요?

지금 우리는
잠시 언어가
다른 것뿐인걸요?

하여
엄마 말은 내게
내 말은 엄마에게

월월
월월
들릴 거라서

지금은

서로를
견뎌낼 때인 거래요

뚝딱
흘러
지난 날 될 거래요

숨은 엄마 찾기

태어나던 해, 새엄마가 날아왔어

안방에 둥지를 튼 엄마는

캄캄한 밤이면

물어 온 조각을 아빠 곁에 떨어뜨렸지

끼 춤 저걸 어쩌면 좋아요?

끼 춤 어쩜 그걸 닮아요?

하루하루가 지루해

그저, 하루를 비트에 맞춰 잘게 쪼갰을 뿐인데

내 끼와 춤이 그녀를 닮았데!

얼굴도 모르는 엄마를

그렇다면 정말 그렇다면, 만날래

가도 가도 끝없는 엄마를, 만날래

생각할수록 솟구치는 그리움, 만날래

납작 엎드려 내 안을 흐르는 피가 엄마라면, 만날래

만날래, 만날래, 비트에 맞춰 더듬는 엄마

격렬함이 차올라도 눈물이 솟구쳐도

심장이 날뛰어도 엄마를 추고 또 출래

왜 왜, 나의 엄마들은 날아다니는 걸까?

왜 왜, 여기 내가 드나드는 길목에서 만나지지 않는 걸까?

그럴 때면 몸이 마음에 맞춰

마음을 읊어, 긁어, 후벼

만날래 리듬에 맞춰

만날래 만날 만날래.

switch off

어두운 꿈
어두운 내 안에도
빛을 들이고 싶어

빛을 꿔왔지만

어두운 밤
어두운 방을 비출
스위치가 없어

빛을 꿈꿨지만

내내
내 안은
깜깜, 깜깜이야.

덧니

불뚝 튀어나온 아
빠 아빠 눈엔 가지
런한 엄마가 나란
히 있는 내가 반듯
한 척하는 세상이
문　　제　란　다

　　　　　　뭘 잘못했는데

　　　　　　　　　내가, 뭘

　잘못했는데

고요한 골목을 휘졌
던 아빠의 외침이 아
빠가 누워 잠들고 나
서야 따라 잠들었다.
창 속에 웅크렸던 안
절과 부절의 흐느낌
도 그제야 안심하고
잦　아　들　었　다　.

슬픔이 도미노처럼

짝사랑 훈이랑 현정이랑 나눠 낀 반지를 봤어.

좋아하는 카레가 나왔지만 넘어가질 않아.

학원 도착해서야 숙제 두고 온 걸 알았지.

배가 고파 배가 아파본 적 있어?

집은 캄캄한데 먹을 건 굳어가는 식빵 껍데기뿐이야.

잼을 바르다 그만 식빵을 놓쳤어.

하필 잼 발린 면이 철퍽 고꾸라지는데.

닦으면 닦을수록 끄은 적 달라붙는 휴지라니.

한심한 내가 나를 마주치면 왜 눈물부터 흐르는 걸까?

어느 틈에 불이 켜져.

들어 선 엄마가 등짝을 때려.

놀란 눈물이 튕겨 달아나.

배가 고픈 건지 아픈 건지 기운이 없어.

몸도 잠 못 드는데.

훈이 생각도 잠들 질 않네.

나쁜 놈 나쁜 놈 음냐 음냐 나아쁘으은 노오오옴

성실한 버릇

틈도 없이 꽉 틀어 막힌 교실.

순서나 덩치 따위 무시 된 자아 혹은 관심.

쉴 틈 없이 부풀어 펼쳐 놓은 것을 가만두지 못해.

엄지와 검지가 그것들의 귀퉁이를 매만진다.

삼각 귀퉁이 하도 비벼 까맣게 물들고.

물든 자리 가붓해지도록 계속되는 일기 같은 버릇.

엄지와 검지는 멈추질 못해.

엄지와 검지는 멈추질 못해.

가붓해진 자리에 말려 사라지는 귀퉁이.

손가락 속으로 녹아들어 더는 녹일 것 없을 때.

덩그러니 남겨진 엄지와 검지.

'쯧쯧쯧, 성한 게 없네'

'네, 성한 게 없어요.'

아버지의 집

전봇대 아래
짙은 그림자
아빠다!
담배에
불붙이고
헛기침 두 번
한 모금 하고는
핵교는 밸 일 없냐?
한 모금 하고는
또 올 텐게
담뱃불 끄며
주머니에 쓱
지폐 몇 장
밀어 넣는다.
아비 간다.
어두운 골목으로
아버지 사라졌다.
전봇대 아래 아버지가
흘린 독백만이 남아있다.
쌓인 독백 뒤로하고
아버지는 간다.

꼬리에
내 그림자 매달고
아버지의 집으로
아버지만 간다.

실로폰 알람

기다란 인연처럼

끊어지지 않는 아빠의 술잔

기다란 인연이라

아버지 아들이 된 형 나 동생

아버지는 커다랗고 동그란 주먹으로

휘청이는 밤이면

퐁당퐁당 형아

퐁퐁당 나

퐁당 동생을 연주해

우리 셋 눈물도

퐁당퐁당퐁당 퐁당거린다

이른 아침까지 반복되는

어김없는 멜로디

'미안해, 다시는 안 그럴게'

따분하고 지루한 아빠의 반성

질기고 질긴 후렴이다

오로라 생채기

그 사람 말이죠

내리는 눈발 틈으로 연기되어 갔어요.

잡히지 않아 애타는 까만 소리 곁으로

비린내처럼 후회만 남아요.

누군가를 뚝 떼놓고 사는 연습은 추워요.

비워도 차오르고 비워도

차올라 눈물의 즙을 짜 내야만 해요.

더는 좋은 사람이 되지 않기로 했어요.

누구를 만나더라도 웃지 않을 거예요.

내 옆구리로 내가 휘어질 때도

깜박깜빡 깜빡이가 필요해요.

들고 가지 못한 몽골 모래 한 병만이

덩그러니 창들에 앉아있어요.

그 사람처럼요.

바스러진 자리에 몽골 모래를 뿌려요.

쓰라림의 간이 딱 맞아 벌건 상처가 파닥거려요.

하염없는 바다와 바람을

아코디언처럼 접어 연주해요.

왈츠의 날갯짓이

잠을 녹이고 내일을 녹여요.

어느 날은 플랫으로

또 어느 날은 샵으로 날아요.

남은 모래는 딱 한 줌뿐인데

녹아도 녹아들어도 내가 자꾸 남아요.

좋은 사람이 되지 않을 거예요.

누구를 만나더라도 웃지 않을 거예요.

절대, 좋은 사람이 되지 않을 거예요.

나도 속상한데

시험이 내일인데
하필 장이 꼬였다며

소고기 야채죽처럼
풀죽은 엄마.

나온 죽 밀며
얼른 먹으라 하지만

죽죽죽
죽죽죽

죽 앞에 두고
죽 쑬 걱정뿐.

거식증

새가 된 지우가
목구멍을 꽉 틀어막아

밀어도 안 밀리고
묻어도 안 묻혀

둘이 먹던 떡튀순
곱빼기로 시켜

꾸역꾸역 밀어 넣고
역꾸역꾸역 끄집어내도

또렷또렷 목구멍에
똘망똘망 남아

니네

니네 엄마 니네 할머니 니네 이모
니네니네 니네니네니네 아빠가 그어버린 선
고아로 자라 삐뚤어진 아빠가 그은 줄 알았는데

이리 치이고 저리 치이며
마음 앓다 보니 알겠더라
'니네니네니네'가 노크였다는 걸.

(니네) 속으로 들어가고 싶어 (니네) 하고 어울리고 싶어
'니네니네니네' 라는 멜로디가
서러움 그리움 부러움으로 범벅 된 눈물 소리였다는 걸.

III

다시 보다 보면

그래장

구례장은
그래장이야

먹는 멸치 위로
읽던 '멸치' 한 권 올려 둔
멸치 장수 아저씨

'이 멸치도 멸칩니다!'
'저 멸치도 멸칩니다!'

가로로 누운 바다 멸치 제 이름 두 자 익히고
세로로 선 숲 멸치는 은빛으로 물들지

'그리하여 멸치구나'
바다 멸치, 숲 멸치 읽고
숲 멸치, 바다 멸치 맡아

짠 내로 달려가
숲 향으로 돌아오는
그래그래 메아리
놀이가 한창이야

꾸벅꾸벅 졸면서도
그래그래 박자 맞추는

그래그래 그래장
그래그래 구례장

가양동 1

– 뫼비우스's 마음

I 좁고 긴 사각형 마음을
돌아오지 않는 엄마 대신 수시로 밤이 온다
불을 끄면 이불보다 무거워지는 어둠
골목에 내린 시든 별 하나를 모셔 온다
형광이 쉬어버린 별이었던 별
불을 꺼도 여전히 깜깜한 별
그 사이로 깜깜한 빛을 상상한다
밤은 별의 까만빛을 키운다
그 곁의 깜깜한 나도 키운다
반지하 창가에 기댄 우리들의 까만 촉감
데칼코마니 같은 고슴도치 촉감

II 180°꼬아
두두둑, 툭
별아, 들었니?
빛이 뜯어지는 소리 말이야
너야? 나야?

III 끝과 끝을 붙인다
안 되겠다, 따라와
저기 까만 빛 보여?

저 빛 끄트머리 환한 빛도?
기다란 빛줄기 보이지?

IV 동일한 성질을 갖는 곡면이 생겨난다
까맣고 깜깜한 빛도 빛이야
남들이 몰라주는 너
내가 더 꼬박꼬박 이해할 거야

어서 어른이 될 거야
어서어서 어른이 되서
어서어서 어서어서

가양동 2

그 무렵 밤이 늦도록

엄마는 돌아오지 않았다.

불을 끄면 이불보다 무거운

어둠이 갑갑했다.

불을 켜면

빈 곳이 밀려들어 쓸쓸했다.

그럴 때면 골목을 걸었다

질질 감긴 골목을 펴며 걸었다

전봇대 아래로 버려진

시든 별.

웅크리고 있는 까만

빛 웅큼을 데려와 창에 붙였다.

파닥파닥 고요하게

내쉬는 별의 숨

그리고 나의 숨

나만 들을 수 있는

나만 기댈 수 있는

나의 별메이트

까만 잡음을 지우고

가장 큰 소리로 웃는다.

가양동 3
– 여전해서 여전해서

가양동 떠나온 지 두 해.

이제는 밖에서 너를 봐야 해

데려올까 말까 고민도 했지.

그렇지만

함부로 별자리를 옮길 순 없었어.

내게 자리가 있듯

그곳이 네 자리일 수 있잖아.

오랜만에

올려다본 창

여전한 너의 무늬

나도 너도 닳지 않았음을

내 키가 한 뼘 자라고

네 빛이 누군가의 빈 것을 덥히는 동안에도

가양동 골목 또한 여전했음을.

다녀오길

잘했다.

스트레칭

밥을 기다랗게 늘이면 ㅂ ㅏ ㅂ
국 반찬 가운데 두고 마주 앉은 둘 같아

뱁 봅 빕 붑 법 고봉뱁 고봉봅 고봉붐이었다면
윤기도 없고 까끌까끌해 아주 가끔 먹었을 테지

하루 세 번, 태어난 날, 특별한 날, 먼 길 떠날 제
언제라도 한 번...... 먹고 마는 밥

먼 곳 떠나야 할 때면
속마저 깊숙이 뜸 들도록 서둘러 쟁이는 밥

하루 끝에 더 간절해지는 '밥, 밥 먹자'라는 말
딱딱한 오늘을 말랑하게 만드는 별 무늬 같은 마알.

더러 있는

태어날 땐 '남주하'였지만
이제는 '고주하'야

그리하려 애쓰지 않아도
그리되는 그런 일 더러 있더라

'고주하'가 되고부터
K의 눈매를 K의 말투를 닮아갔어

그런 일 있더라.

그러니까
아무튼, 이제

K는
새 아빠가 아냐

지금
내 아빠야

떠, 남

아빠의 관 위로 한 삽 한 삽 흙을 떠 넣었다.
사라져, 묻힌 기억마저 잊힐까 봐
흙을 덮어 둥근 자국을 만들었다.

빠파빠파 아빠와 아파를 함께 불렀다.
빠파빠파 읊조리면
오로라 빛 다정한 리듬이
내게로 와줄 것만 같았다.

아빠 아파 아빠 나 아파
끼적이는 사이
빈 종이에 갇힌 눈물이
빠파빠파빠파파 재잘거린다.

바다를 쪼던 빛 점처럼
빠파빠파들이
가슴에서 미어졌다:

아빠라는 말

쓰라릴 때 바르라며

태어나기도 전에 들려준 말이었다는 걸.
아빠, 아빠

'그리고 그래서 그러므로'의 날들이
수없이 반복되고
오랜 날이 흘러 땅이 텅 비는 날.

다음 생을 기약하는 그날이 오면
동그란 생으로 피어나 줘.

아빠, 아빠
아아빠아.

가로등

이른 새벽

골목을 깨우는

소리 없는 알람

가을은

딱,
속기 좋은 온도야.

퇴근의 근도
원으로 읽혀

영영 다시는 아플 일
없을 것만 같았지.

한 번은 지는 노을이
자는 노을로 읽히는 거야.

노을이 지는 거나?
노을이 자는 거나!

가을이라면
얼마든 눈 감아 줄 수 있잖아.

생크림 태양

오전에 사 온 케이크

오순도순 앉아있는 포도 알갱이

저녁이 다 되도록 싱싱해

싱싱한 포도 알갱이 곁으로

포도 같은 여덟 개의 눈동자가 공전하는데

시들고 무른 아빠 눈동자가

간신히 벽에 기대선

식은땀을 뻘뻘 흘려

초가 타고 애가 타고

눈물 콧물에 생일 노래마저 녹고 있지만

그래도 지금 이 순간 무려 넷이 함께

생크림 태양을 돌고 돌아

온전히 함께

내일로 가는 중이야.

걱정 말아요

여섯 살 무렵 흘러들어와
열여섯 살 되었지만
여전히 여섯 살인

냄비도 그대로
벽지도 그대로
조금 뚫린 방충망도 여전히 그대로야

하늘로 간 아빠
요양원으로 떠난 엄마
돈 벌러 지방 간 형아

왁자지껄하던
현관의 신발들 모두 녹아
덩그러니 남은 건 내 것뿐.

생일 케이크에 꽂힌
초 여섯 개를 후- 불어 끄던
그날을 기억하는 건 벽지 뿐.

그렇지만

그렇기에

무서울 수 없고
외로울 수 없는
생얼 동안 우리 집

빈집 아닌 빈집

잠금 모드

픽 쓰러진 다음이 없었어
손잡고 '아빠 잘가'
말도 못 했는데.

달은 저 혼자 바뀌었고
돌아온 집엔 아빠만 없어.

어른이 아닌데 다음이 없는데
커다란 수족관에 나뿐인 상상.

휘몰아치는 소용돌이치는
나도 나를 어쩌지 못해 잠금모드 속에 가뒀어.

사람들은 소원의 탑을 쌓지만
난 갑자기 엄마가, 갑자기
형이 사라지는 걱정의 탑을 쌓아.

사라질 까?
두려운 마음에
잠을 놓친 날 위해

각자 잠들다
이제는 셋이 함께 잠들어.

믿을 수 없지만
창으로 들어선 저 달빛이 아빠래.

아빠의 지주막하 뇌출혈은
어쩔 수 없는 일이었다는
엄마의 위로도 수시로 들어.

아직은 잘 모르겠는
어쩔 수 없음의 마음을 연습해
그리고 걱정의 탑 하나를 내려.

가방은 누구나 들어줄 수 있지만
마음은 그렇지 않아서

가장 무거운 마음부터
나눠 드는 연습을 해.

따로 또 같이

따로 또 같이.

곰곰

모서리에 기대앉은 곰 인형
떨어진 동전을 찾는지
동전만 한 답을 찾는지
하염없이 바닥을 본다

아침이 저녁으로
화요일이 다른 화요일로
여름이 초겨울로
바뀌는 동안에도

꼼짝 않던 고민은
곰곰이
곰곰이 곰곰이
곰곰 자리에서 곰이 되었다

그 곁으로 기운 빈 허밍
부러진 마음, 흩날리던 눈물
잠든 사이 꼼짝없이
곰, 곰이 되었다.

불행 중 다행

그나마 엄마의 왼팔과 오른 다리는
서서히 마비될 거래.

서서히 다가오는 마비 덕에
감춰두었던 아빠의 가족들을 만날 수 있었어.

보물섬처럼
친척이 많다는 걸 알았지.

그렇게 아빠는
폐가 굳는 대신 묵혔던 노여움을 녹였어.

뽀얗던, 이제는 까매진 아들을
앞에 두고도 할아버지는 알아차리지 못했지만.

아빠는 아빠의 아빠를
대신 알아보고 오래오래 쓰다듬었어.

모든 게 이전 같지 않아도
현관에는 폐업 혹은 휴업 딱지가 걸리지 않았지.

레고 놀이도 아닌데
여섯 살 많은 누나가 엄마도 아빠도 다 해냈고.

보일러가 돌지 않아 시린 바닥 위로
한낮까지 해실해실 해도 놀다가줬어.

IV

어느새, 두 배가 된 마음

껏

슬픔 길어 올릴 땐
'꺼이'소리 나고

고인 눈물 쏟아낼 땐
'꺼억'소리 나더라

너도, 꺼이꺼이 울어 봤니?
꺼억꺼억 울어도 봤어?

'꺼이꺼이' 울어봤다는 건
고개 젖히고'꺼이꺼이' 울어봤다는 건

'꺼이 꺽-꺼잇- 꺽'을 딛고
'껏'에 이르러 본 거래

슬픔의 봉우리에
힘껏, 오른 거라

비로소

그것들을

한-껏 끌어올릴

자격을
얻은 거래

캔디와 캔디

반쪽은

반 짝이야

반쪽이라

빈 짝이지만

반쪽이라

반짝일 수 있어

혼자여서

혼자라서

외로움 덕에

내 빛을 마주하고

반쪽이라 자유롭게

반짝이는 나를 만나

아늑함 속, 내가

반짝, 반짝여

벼꽃

지상에 피는 별
벼꽃은 내게 별이야
채워지고 구부러지는 때를 아는
벼 그리고 별
구부러짐의 끄트머리에 달린
익음과 빛남
별을 훑으며 견딘 고픔의 시간
그 겹겹의 시간 하도 두터워
벼꽃을 키워야만 하는 꿈을 키워
별을 어루만지고 싶은 맘이라서
허기의 이삭이 그득 차오르는 동안
잠시도 허투루 살아지지 않아서
사알 쌀 사알 쌀
'사알자 사알자'는 주문을
소복소복 걸어
시간이 시간을 밀어내는 사이
고픔의 상처는
잊히고 또 새겨져

나 머지

부족해서 나머지^{공부}
충분해도 나머지^{공부}

너도 나도
언제나 나머지

가난한 나머지
바쁜 나머지

너의 나머지
나의 나머지

커다란
우주에선

우린 그저 나머지
그저 다 먼지

고작 나

가을 이후 아빠는 숲에서 살아. 살아서 나무였던 아빠는 진짜 나무가 되었지. 비탈진 동산을 타고 아빠나무에 오르다 그만 데구르 굴렀어. 툭툭 털고 오르는데 손바닥에 박힌 가시 하나가 털리질 않아. 욱신욱신한 데 그 사이로 삐져나오는 아빠 냄새가 좋았어. 꼭 쥐고 돌아왔지. 아픈데 후련했어. 오래오래 간직하고 싶었는데…. 나무도 아닌, 고작 가시가 삭삭 사사삭 나를 비집는 거야. 무릅쓰다 무릅쓰다 사흘 만에 뺐어. 힘 빠진 거스러미, 힘껏 봐야 보이는 고작 가시인 줄 알았는데, 아니더라. 고작, 고작 가시가 아니더라!

무게의 중심

동그라미가 동그라미를 딛고 오른다.

7과 9 사이

오도 가도 못 하는 '8'이 된다.

동그라미와 동그라미가 나란히 선다.

'∞'되어 가두던 것 사라진 자리를

훨훨 훨훨 난다.

피부그림증 [*]

몸이 고스란히 캔버스라서

손톱으로 팔뚝에 글자를 그리면

지나간 자리마다 글자가 돋아.

다정한 눈빛 그리운 날엔 엄마라 적고

틈이 벌어진 날엔 민들레를 그려.

빗물 담긴 물통 비우느라 뒤척여도

한여름에 긴 팔 남방을 입어도 모든 괜찮아.

엄마와 민들레를 들키는 일보다

'덥지 않냐?'는 눈총이 한결 가벼워.

날 업어 키운 할머니 이젠 버려진 상자로 나를 업어 키워.

우리도 새마을금고 통장을 보고 내일을 꿈꾸고

라면 스프에 마른국수를 섞은 저녁을 끓여.

자꾸만 두드러지는 특별한 체질 어찌지 못해

기어이 눈총받는 골목의 두드러기 되고 말지만.

우리라서 둘이라서

정말 다행이야.

---

*: 피부묘기증은 피부그림증(skin writing, 스킨 라이팅)으로도 종종 부른다. 두드러기 가운데 하나이자 피부 질환이다. 물리적입 압박하에서는 약한 피부막이 쉽게, 그리고 빠른 속도로 악화되어 알레르기와 같은 반응을 일으킬 수 있는데, 일반적으로 온화하고 붉은 발진이 피부에 나타난다.

심심 그리고 한심

늦잠과 커튼 사이로 달려드는 폭 익은 해를 보더라도
태연히 견디는 거야(어젯밤에 게임하다 잠 들었을지라도)

화가를 꿈꾸며 뭐든 그렸던 그때를 떠올리다
후회되는 마음도 견뎌야 하고(그만큼 절실하지 않았던 거야)

오지 않는 전화를 여닫다 냉장고 문짝에 매달리는 상상이 들면
심심함이 코 밑에 도착한 거야(이 고비를 잘 넘겨야 해)

윗집 개 짖는 소릴 가만히 쓰다듬다 눈물이 나는 것도
그러다 불안해 잠깐 책상에 앉아보는 것도

이번 방학엔 아무것도 안 하겠다는 다짐이 자신 없어지는 것도
모두 어여쁜 부작용이야

두 배로 달리는 지구에서 심심해도 되고
나를 스스로 짓밟고 구기며 한심해도 돼

심심 그리고 한심을 견뎌야
저만치 너의 계절이 보일 테니

그때 달려가면 돼
행여 늦었다 까묵 시들지 말고

심심해야 해
한심해도 돼

나는 야 마데카솔

뚝,
뼈는 예고 없이 금이 간다

뚝,
마당에 아버지의 꽃들은 피어나지 않기로 했다

무성한 잡초의 소음에도 할매는 길게 누웠다
불 꺼진 거실 할매 따라 입 다문 부엌

그러모은 골은
조각 난 뼈의 틈을 메운다

마른 메주 같은 할매 심장
부엌을 깨워 쑨 죽으로 갈라진 할매 심장을 메운다

칭칭 감은 붕대 속에서
붉은 통증은 서서히 저문다

할매의 아들로도 손주로도 살고 또 살아야한다
1절로도 2절로도 후렴으로도, 나는 야 마데카솔

할매, 먹자.

자발적 소외라 해두려고

여기 오늘 지금이
어쨌으면 좋겠는지
아무도 묻지를 않아.

부질없는 짓과
쓸모 있는 짓을 가르는 기준이
너와 내가 너무 달라.

고정의 관념이라는 걸 모르는 난
일요일 늦은 오후 따위
회복 불가능의 시간도 설레고

있어도 없어도 그만인, 단체 톡
있어도 없어도 그만인 그 속에서
무심과 심심의 아늑함을 찾지.

세상이 중요한 거
남들이 중요한 거
내겐 중요치 않아.

내가 주인공인 세상에서

'내'가 빠졌는데
다 무슨 소용이야.

多행

막둥이 루현에게 행복의 반대말을 물었어. 뜬금없이 무행이래. 때마침 무열이라는 단짝 친구를 두어 서고. 마법 천자문에서 '없을 무' 한자를 막 익혀선지. 불행 대신 무행이 툭 튀어나온 거지. 불행이지 바보야, 해놓고 그땐 몰랐어. 행복이 없는 무행도, 행복이 아닌 불행도. 행복하지 않음이 여럿으로 나뉠 수 있단 걸. 행복해지고 싶은데 행복하지 않은 나의 비행마저도. 그날 밤 난 나의 비행, 그 비행의 기원을 미행하며 도착하지 않은 나의 행복을 떠 올렸어.

고 일이면 뭐해, 초 일만도 못 한 걸.

어른스럽게

사랑니 두 개를 빼고 돌아와

알약 두 알을 먹고 잠들었어.

사라진 사랑니 한 쌍

살아있던 것들과의 이별인데

이와 이의 이별은

허전한 후련이더라.

누구라도 '괜찮냐' 물어오거든

'웃음이 조금 싱거워진 것 같다' 말하려고.

삐딱이

반듯하게 걸었다고 생각했는데
멀리서 보니 액자가 기울어져 있다

삐뚤어진 벽지에 액자를 맞추었기 때문이다

액자를 바로 잡으니 이번엔
벽지 무늬와 안 맞아 삐딱하게 보인다

삐딱이

하는 짓마다 삐딱하다고
'삐딱이'라 불리는 우리 반 성호도 혹시

저 액자처럼 바로 서 있는 건 아닐까?

기울어진 벽지에 맞춰
삐딱하게 걸린 액자처럼

어쩌면
우리가 삐딱하게 서 있는 건 아닐까?

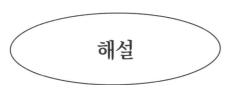

해설

가만히 눈을 감으면, 오래된 눈송이 하나
"묻힌 기억마저 잊힐까 봐"

김륭 / 시인

그는 진짜다. "가을 이후 아빠는 숲에서 살아. 살아서 나무였던 아빠는 진짜 나무가 되었"(「고작 나」)다고 아버지를 꺼내고 "진짜 나무"가 된 아버지 그림자 밑에서 자신을 스스럼없이 꺼내 보이는 시인. 그의 사랑은 지독하고 그의 언어는 수직이다. 그의 언어는 놓이는 것이 아니라 행동한다. 따라서 언어 사이에 놓인 여백마저 정직한 감정과 정확한 감각으로 양각화 되고 동시에 음각화 된다. 시적 진실보다 삶의 진실이 먼저이기 때문이다. 언어 자체의 힘만으로 일어설 수 있는 '시의 몸'을 가지고 있다는 것은 특별한 능력이다. 자기 자신을 가식 없이 돌아보고 진실을 대면하고 싶은 의지로 추인되기 때문이다. 그가 부리는 언어의 힘은 그가 가진 삶의 내부로, 그 바닥으로 오래 그리고 깊게 침잠되었다가 거울처럼 놓인 그의 내면으로 투영될 때 얻어진다. 그러니까 그의 사랑이 지독하다는 말은 『생크림 태양』이란 시집 제목으로 묶인 시편마다 가만히 엎어놓은 언어가 제 마음을 데이게 할 만큼 뜨겁고 그만큼 진심이어서 그렇다는 얘기다.

"그대가 도착할 그곳 또한 부디 좋은 때이기를." 「시인의 말」 마지막 문장

그렇다. 그의 언어는 그의 몸과 마음을 띄우는 부력과 같다. 나를 존재하게 하는 자리를 계속해서 비워내고 마침내 나마저 비워낼 수 있는 언어는 진심에서 나오며 그것은 곧 세계를 다시 배우고 걷는 자의 언어로 환원된다. 경쾌하고 발랄한 언어를 앞세운 시편에서도 서늘한 통찰과 긴장이 가능한 것은 이 때문이다. 믿을 수 없을 만큼 아픈 주체를 아버지를 통해 내려놓은 그의 문장들은 곧 그의 육체이자 '시의 몸'이다. 마음이란 걸 꺼내 함부로 굴릴 수 없을 만큼 정직한 사유를 동반하기 때문이다.

  시와 동시를 쓰는 그가 청소년시집으로 처음 선보이는 대부분의 시편은 자연스럽게 체득된 일상의 서사 위에 아프게 놓인 마음을 가만히 어루만지는, 그리하여 슬픔을 동반한 사랑이다. 근원적인 외로움을 품고 있기 때문이다. 얼핏 담담하게 그리고 소박하게만 느껴지는 서사가 파동을 일으키는 것은 몰래 감춰두었던 상처가 여백으로 『생크림 태양』처럼 투영되는 까닭일 것이다. 차마 말할 수 없었던 사연을 지닌 어떤 마음속의 대상들은 그 모습을 드러내기 전에 품고 있던 뭔가를 꺼내놓는다. 지극히 추상적인 감정들의 개연성은 그렇게 만들어지고 구체화된다.

> 아빠의 관 위로 한 삽 한 삽 흙을 떠 넣었다.
> 사라져, 묻힌 기억마저 잊힐까 봐
> 흙을 덮어 둥근 자국을 만들었다.

빠파빠파 아빠와 아파를 함께 불렀다.
빠파빠파 읊조리면
오로라 빛 다정한 리듬이
내게로 와줄 것만 같았다.

아빠 아파 아빠 나 아파
끼적이는 사이
빈 종이에 갇힌 눈물이
빠파빠파빠파파 재잘거린다.

바다를 쪼던 빛 점처럼
빠파빠파들이
가슴에서 미어졌다.

아빠라는 말

쓰라릴 때 바르라며
태어나기도 전에 들려준 말이었다는 걸.

'그리고 그래서 그러므로'의 날들이
수없이 반복되고
오랜 날이 흘러 땅이 텅 비는 날.

다음 생을 기약하는 그날이 오면
동그란 생으로 피어나 줘.

아빠, 아빠

아아빠아

—「떠, 남」 전문

　단순히 슬픔이 아닌 사람의 마음을 움직이는 지점이 있는 가편이다. "사라져, 묻힌 기억마저 잊힐까 봐/흙을 덮어 둥근 자국을 만들었다.//빠파빠파 아빠와 아파를 함께 불렀다." 어떤 기억은 미래의 불안을 짚어내며 아득한 슬픔의 경계를 넘나든다. 마음의 얼룩처럼 아픈 기억을 가진 "동그란 자국"은 끝내 아물지 않을 마음의 상처와 함께 고여 있는 외로움과 그리움의 시공간이다. 거기엔 끝내 외면할 수 없는 심상들, "'그리고 그래서 그러므로'의 날들" 체취, "빈 종이에 갇힌 눈물"이 산다. 그리하여 속절없이 저물어가는 저녁의 풍경 넘어 그가 흘려놓고 그가 듣는 숨소리 가득하고 아득한, "아빠라는 말//쓰라릴 때 바르라며/태어나기도 전에 들려준 말이었다는 걸." "흙을 덮"어 만든 서사 위에 올려놓은 마음이 눈송이처럼 날리는, 그렇게 진경을 보여주는 「떠, 남」은 깊고 아름답다. "오랜 날이 흘러/땅이 텅 비는 날.//다음 생을 기약하는/그날이 오면/동그란 생으로 피어나줘./아빠, 아빠/아아빠아" 여전히 살아있는 듯 그의 기억 속 아버지의 시간은 끝내 지나가지 않는다. 시공간을 초월할 수 있는 그 무엇, 오직 "동그란" 사랑으로 이미 과거에서 미래로 자리를 옮겼기 때문이다.

아버지를 통해 발화되는 시적 주체의 파동 앞에 잠시 눈을 감고 있으면 아프다. 이토록 열심히 마음을 어루만져 사랑을 빚어내는 시인이 또 있을까, 싶은 것이다. 아프면서도 경쾌한 자기애가 확장되어가는 그의 세계 속에는 어김없이 아버지가 있다. 그는 시를 쓰는 게 아니라 몰아가는 것 같다. 그는 사랑으로 삶을 만나고 과거와 미래를 만난다. 따라서 서사가 끝난 뒤에도 남아있는 힘이 있고 그 힘은 우리가 잃어버렸거나 잊고 살았던 모든 기억을 되돌려놓기도 한다. 그런 까닭이다. 모든 우리는 모든 것이었던 아버지를 다시 읽지 않을 수 없다. 이를테면 곳곳에서 느껴지는 그가 가진 언어의 망설임, 이때 그의 마음은 시간이 되고 장소가 된다. 그리고 가만히 다시 놓일 곳을 찾은 언어의 거침없음. 그가 애쓴 시간의 흔적들. 차마 말하지 못한 것들 그러나 끝내 말해진 것들. 거짓을 향하지 않으려는 몸짓들. 이처럼 그 어떤 것도 가두지 않으려는 마음으로부터 다시 시작되는, 그의 언어는 그가 가진 그림자를 장소로 만들 줄 안다. 어떤 서사의 윤곽을 어떤 사건의 표면을 떠도는 생각들로부터 그는 다시 태어나는 자신의 마음을 본다. 어떤 마음의 망설임과 더듬거림으로부터 쉼 없이 무너지고 복원되는 이 아픈 사랑의 모양을 그는 자신의 그림자 위에 올려놓는다. 언어가 존재하는 한 지속되는 영원을 보고 싶은 걸까. 단지 있음만으로도 충분히 아름다운 마음으로 지키는 세계. 그곳에 그는 누군가를 자꾸 내려놓는다. 그가 아직도 떠나보내지 못한 아버지는 그렇게 영원이 되고 「고작 나」인 그가 가진 사랑은 가만히 시라는 몸을 얻는다.

> 가을 이후 아빠는 숲에서 살아. 살아서 나무였던 아빠는 진짜 나무가 되었지. 비탈진 동산을 타고 아빠 나무에 오르다 그만 데구르 굴렀어. 툭툭 털고 오르는데 손바닥에 박힌 가시 하나가 털리질 않아. 욱신욱신한 데 그 사이로 삐져나오는 아빠 냄새가 좋았어. 꼭 쥐고 돌아왔지. 아픈데 후련했어. 오래오래 간직하고 싶었는데…. 나무도 아닌, 고작 가시가 삭삭 사사삭 나를 비집는 거야. 무릅쓰다 무릅쓰다 사흘 만에 뺐어. 힘 빠진 거스러미, 힘껏 봐야 보이는 고작 가시인 줄 알았는데, 아니더라. 고작, 고작 가시가 아니더라!

> ─「고작 나」 전문

「고작 나」이지만 진짜인 그가 진짜 나무가 된 아빠를 오른다. "비탈진 동산을 타고 아빠 나무에 오르다 그만 데구르 굴렀어. 툭툭 털고 오르는데 손바닥에 박힌 가시 하나가 털리질 않아. 욱신욱신한 데 그 사이로 삐져나오는 아빠 냄새가 좋"아서 "꼭 쥐고" 집으로 돌아온다. 멋진 시를 쓰기보다는 "아픈데 후련했어. 오래오래 간직하고 싶었는데…."라고 간절한 마음을 꺼내 보이는 그는 "사흘 만에"에 뽑아낸 가시를 보고 "고작 가시인 줄 알았는데, 아니더라. 고작, 고작 가시가 아니더라!"고 소리친다. 그럼, 가시가 아니고 무엇이었을까? 이런 질문에 「고작 나」라는 제목을 올려놓으면 왠지 아프고 문득 그 아픔을 떠날 수 없을 것 같은 예감이 깃든다. 이별이 흔해진 우리 모두의 오늘이 서글프기 때문만은 아닐 것이다. 애틋한 사랑을 가시처럼 꼭 쥔 그의 진심이 「고작 나」라는 한 인간에 불과하지만, 이번 생의 끝을 맡긴 아버지로부터 그리고 훗날 그 자신의 생 또한 누군가에게 맡겨야 할 그 끝이 따뜻하고 맑디맑기를 바라는 그의 마음이 시의 울림통을 만들었기 때문이다. 그는 안다. "아빠라는 말//쓰라릴 때 바르라며//태어나기도 전에 들려준 말이었다는 걸"(「떠, 남」) 하여, 그는 우리 모두에게 쥐여주고 싶은 마지막 구절에 도달한다. "그대가 도착할 그곳 또한 부디 좋은 때이기를." (「시인의 말」) 그런데 모두가 꿈꾸는 "그곳"이 있기는 한 것일까. 그의 세계가 어디까지 확장될지 모르겠지만 지독하고 모질기조차 한 사랑의 숨결을 겨냥한 그의 언술은 가끔 위태롭지만 그만큼 아름답다.

오전에 사 온 케이크

오순도순 앉아있는 포도 알갱이

저녁이 다 되도록 싱싱해

싱싱한 포도 알갱이 곁으로

포도 같은 여덟 개의 눈동자가 공전하는데

시들고 무른 아빠 눈동자가

간신히 벽에 기대선

식은땀을 뻘뻘 흘려

초가 타고 애가 타고

눈물 콧물에 생일 노래마저 녹고 있지만

그래도 지금, 이 순간 무려 넷이 함께

생크림 태양을 돌고 돌아

온전히 함께

내일로 가는 중이야.

―「생크림 태양」 전문

때때로 그의 시는 특정한 용도로 사용되는 실용적 언어의 형

식을 빌린다. 그가 만든 시공간에는 「생크림 태양」이 있고 눈송이 같은 목소리가 있고 거기에 놓인 그의 마음은 지난 사랑도 죽음도 사라진 기억마저 되살려낸다. 인간에 대한 시인의 따뜻하고 싶은 사랑으로 부리는 언어의 힘 때문이다. 청소년들의 마음을 읽고 직접 말을 건넬 때 그의 언어는 그의 몸과 함께 달린다. 그리고 툭, 친다. 마음을 치는 힘이다. 이 힘은 당연히 그가 가진 삶의 진실에서 나온다. 그의 시를 빌리면 「생크림 태양」 같고 독자 입장에서 보면 눈송이 같다. 눈을 감으면 들릴 것 같은 오래된 눈송이처럼, 그의 언어는 언제나 그의 바깥이 아니라 내부에 있음을 스스로 증명해낸다.

"가방은/누구나 들어줄 수 있지만/마음은 그렇지 않아서//가장/무거운 마음부터/나눠 드는 연습을 해."(「잠금 모드」) 그가 가진 마음 이면에 자리한 시의 고독. "지상에 피는 별/벼꽃은 내게 별이야/채워지고 구부러지는 때를 아는/벼 그리고 별"(「벼꽃」)이라고 "허기의 이삭이 그득 차오르는 동안/잠시도 허투루 살아지지 않아서/사알 쌀 사알 쌀/'사알자 사알자'는 주문을/소복소복 걸어/시간이 시간을 밀어내는 사이/고픔의 상처는/잊히고 또 새겨"진다는 곡진한 언술은 시와 더불어 가고 싶은 그의 사랑이 그의 마음이 밤을 떠날 수 없을 만큼 깊어졌다는 것을 보여준다. 그러므로 "'운다'라는 말/뚝 떼놓고 보면/하늘에 핀 구름 같은데//곁에 앉은 채랑이가/소리도 안 내고 울면//마음이/영하로 떨어져/난, 꽁꽁 얼고 말아." (「가까운 눈물」) 그가 시로 만지는 눈물은 우리 모두의 하루로 번지는 미학을 획득한다.

그가 그려내는 시의 눈금은 이처럼 아프면서도 살갑다. 미래가 불투명한 청소년들의 일상을 그릴 때도 그는 관찰자 입장이 아니다. 그는 진심을 다해 주체가 된다. "나×별로 일 때=T/나×흥이 날 때=F/그냥./이게 나인 거지.//변수에 따라 달라지는/이게 나인 거라고." (「MBTI」 부분) 나를 먼저 통과한 시의 촉수는 정직하고 정확하다. 별다른 것이 없는 것 같으면서도 왠지 이상한 마음을 얻게 된다.

> 행복이 없는 무행도, 행복이 아닌 불행도, 행복하지 않음이 여럿으로 나뉠 수 있단 걸. 행복해지고 싶은데 행복하지 않은 나의 비행마저도. 그날 밤 난 나의 비행, 그 비행의 기원을 미행하며 도착하지 않은 나의 행복을 떠 올렸어.
>
> 고 일이면 뭐해. 초 일만도 못 한 걸
>
> —「多행」 중에서

청소년을 화자로 꺼내놓는 그의 행복은 닭장 속 달걀이 사람의 손에 닿기까지의 여정을 짚어내는 것일까. 그가 가진 사유가 그리고 시정신이 부러운 것은 오늘도, 오직 사람을 향하고 있으리라는 믿음 때문이다. 어쩌면 생의 매 순간이 그런 와중이다. 다른 곳에 놓으면 다른 것이 된다고 여겨지는 순간이 있다. 그의 시는 스스로 옮겨놓은 공간과 옮겨 지나온 공간 옮겨갈 공간을 무수히 만들고 그의 언어는 그사이 길목들을 무수히 오간다. 그의 숨결들이 어디에 닿았는가보다 어떻게 걷는가, 「생크림 태양」 같은 그의 육체와 그 육체에 담긴 눈송이 같은 마음에 귀 기울이게 한다. 시의 기억을 넘어 인간의 기억을 넘어 마음이 향하는 곳으로 나아갈 수 있다면 인간은 어디까지 가닿을 수 있을까.

픽 쓰러진 다음이 없었어,
손잡고 '아빠 잘 가'
말도 못 했는데.

달은
저 혼자 바뀌었고
돌아온 집엔 아빠만 없어.

어른이 아닌데 다음이 없는데
커다란 수족관에 나뿐인 상상.

휘몰아치는 소용돌이치는
나도 나를 어쩌지 못해 잠금모드 속에 가뒀어.

사람들은 소원의 탑을 쌓지만
난 갑자기 엄마가, 갑자기
형이 사라지는 걱정의 탑을 쌓아.

사라질까?
두려운 마음에
잠을 놓친 날 위해

각자 잠들다
이제는 셋이 함께 잠들어.

믿을 수 없지만
창을 타고 들어선 저 달빛이 아빠래.

아빠의 지주막하 뇌출혈은
어쩔 수 없는 일이었다는
엄마의 위로도 수시로 들어.

아직은 잘 모르겠는
어쩔 수 없음의 마음을 연습해
그리고 걱정의 탑 하나를 내려.

가방은 누구나 들어줄 수 있지만
마음은 그렇지 않아서

가장 무거운 마음부터
나눠 드는 연습을 해.

따로 또 같이
따로 또 같이.

—「잠금 모드」 전문

지상에 피는 별
벼꽃은 내게 별이야
채워지고 구부러지는 때를 아는
벼 그리고 별
구부러짐의 끄트머리에 달린
익음과 빛남
별을 훑으며 견딘 고픔의 시간
그 겹겹의 시간 하도 두터워
벼꽃을 키워야만 하는 꿈을 키워
별을 어루만지고 싶은 맘이라서
허기의 이삭이 그득 차오르는 동안
잠시도 허투루 살아지지 않아서
사알 쌀 사알 쌀
'사알자 사알자'는 주문을
소복소복 걸어
시간이 시간을 밀어내는 사이
고픔의 상처는
잊히고 또 새겨져

—「벼꽃」 전문

"픽 쓰러진 다음이 없었어,/손잡고 '아빠 잘 가'/말도 못 했는데." 신성이 꺼져버린 세계에서 시적 빛이 미끄러지듯 어리는 순간들은 이토록 아프게 사람의 마음을 받아낸다. "휘몰아치는 소용돌이치는/나도 나를 어쩌지 못해/잠금모드 속에 가뒀"지만 그는 본다. "창을 타고 들어선/저 달빛이 아빠래." 어떤 마음은 빛이나 어둠에 둘러싸여 구별되는 것이 아니라 마음 그 자체가 눈을 흐리는 사이로 언뜻 스쳐 지나가는 슬픈 그림자처럼 어른거린다. 그것은 숭고가 아니라 연민과 사랑의 언어를 요청한다. 그의 언어는 사랑의 고백을 예약하고 있다. 떠나려는 사랑의 옷깃에 아슬하게 스친 마음의 감각을 또 하나의 마음 위에 가만히 내려놓는다. "지상에 피는 별"이다. "지상에 피는 별/벼꽃은 내게 별이야"(「벼꽃」) 청소년들이 가진 세계는 우주의 아름다운 것들을 확인하는 것이 아니라 어떤 의문과 불안을 마주하게 되는 곳이다. 어떤 아름다운 일들은 종종 밤에 일어난다는 것을 알고 있지만 내가 그 기억의 주인이 아니라는 것을 느끼게 되는 그런 은밀하고 우주적인 밤 말이다.

커다란 트럭이면

'한 방에 훅 갈 수 있겠구나' 싶었어.

도로로 뛰어들려는, 찰나!

초록 싹이 확 뒷덜미를 채는 거야.

덜 자란 초록이 '얘, 어디가! 미쳤어!'하는데

기가 막혀 한참을 봤어.

'어린 게, 쪼그만 게!' 시퍼렇게 날 노려보는데

곁에 선 민들레마저 샛노랗게

꼴도 보기 싫을 때 짓는

엄마 눈을 하는 거야!

죽을 뻔했고 만.

—「아니 그게 아니라」 전문

'운다'라는 말
뚝 떼놓고 보면

하늘에 핀 구름 같은데

곁에 앉은 채랑이가
소리도
안 내고 울면

마음이
영하로 떨어져
난, 꽁꽁 얼고 말아.

그렁그렁
눈 속에 비칠 뿐
내 쓸모는 쓸쓸해져

딱딱해진 채로
언
심장만 쪼아.

가까운 눈물은
왜 그리
단단하고 뾰족할까?

단단하고
뾰족해 더,
따가운 눈물.

―「가까운 눈물」 전문

　그의 시는 단번에 읽힌다. 어려운 수사나 작위적인 설정을 가하지 않고서도 충분히 시가 될 수 있음을 증명한다. 창작자인 자신을 성찰하면서 청소년들의 세계를 통찰하는 시선이 시편들 곳곳에서 번뜩인다. 그리고 마치 「아니 그게 아니라」 고 말하듯

말갛고 나직하고 유머러스한, 그 누구와도 닮지 않은 언어를 꺼내놓는다. 그는 세상 속 풍경을 통과하는데 그 안의 나는, 나를 내세우지 않는다. 그렇다고 일부러 지우려거나 숨기려고 하지도 않는다. 어떤 아름다운 일들은 종종 밤에 일어나고 나는 그 기억의 주인이 아니라는 듯 능청을 떨어 보이기도 한다. 그의 시를 읽으면 슬픔을 작고 빨간 심장처럼 만지작거리고 있는 우물을 마주하는 느낌이 드는 것은 이 때문일 것이다. "'운다'라는 말/ 뚝 떼놓고 보면/하늘에 핀 구름 같은데"(「가까운 눈물」)라는 첫 구절을 통해 확인할 수 있듯 그의 모든 언어는 자신을 화자로 내세운 서사나 어떤 장면에 대한 사랑으로부터 출발한다. 그의 거의 모든 시가 발화되는 지점이다. 따라서 그가 부리는 모든 언어는 진심이 담겨있다. 그것은 자신을 비롯한 모든 우리가 사랑하기 위해 태어났다고 여기며 그것이 현실이 될 것이라는 믿음 때문이다.

슬퍼마

아직 네 곁엔

늘, 오는 것들

너만을 보고 있을

아직 네 곁엔

늘, 오는 것들

너만을 보고 있을

늘, 머문 것들

미처 알아차리지 못한

오늘 위에 놓인

늘,이 가득한걸

—「자각몽 2 – 너에게」 전문

  자각몽이란 제목에 "슬퍼마"라는 내레이션만으로도 알 수 있
을지 모른다. 그 또한 나처럼, 너처럼, 우리처럼 외로웠고 고통받
았고 거의 모든 사랑에서 실패했다는 사실을. 그것도 "늘" 말이
다. 너에게, 란 부제를 붙인 이유가 유난히 아프고 슬프게 느껴
지는 것은 왜일까. 그것은 나에 대한 고백이 선행되고 있기 때
문이다. 그러니까 나는 어떤 사람을 열렬히 사랑했고 내 사랑은
화답 받지 못했다. 하지만 그것으로부터 나는 이 말을 해주고
싶었다고 그는 고백한다. "아직 네 곁엔//늘, 오는 것들//너만을

보고 있을//늘, 머문 것들//미처 알아차리지 못한//오늘 위에 놓인//늘, 이 가득한 걸" 우리는 사랑이 남긴 한 벌의 고통을 닳도록 입거나 아니면 한없이 움츠러들어 무엇과도 접촉하지 않고 혼자 벌거벗은 채 있곤 한다. 그러나 그는 모든 실패에도 불구하고 사랑에 대한 믿음을 포기하지 않는다. 어쩌면 모든 우리에게 행복한 사랑은 없을지 모른다. 그러나 이것은 우리 둘의 사랑이다. 그것만으로 나도 너도 충분하지 않을까.

가양동 떠나온 지 두 해.

이제는 밖에서 너를 봐야 해

데려올까 말까 고민도 했지.

그렇지만

함부로 별자리를 옮길 순 없었어.

내게 자리가 있듯

그곳이 네 자리일 수 있잖아.

오랜만에

올려다본 창

여전한 너의 무늬

나도 너도 닳지 않았음을

내 키가 한 뼘 자라고

네 빛이 누군가의 빈 것을 덥히는 동안에도

가양동 골목 또한 여전했음을.

다녀오길

잘했다.

—「가양동 3 - 여전해서 여전해서」 전문

　가양동 시편은 아름답다. '여전해서 여전해서' 아련하고 그만
큼 따뜻하고 서글프고 그만큼 그립고, 애틋하다. 그는 "가양동
떠나온 지" "두 해"가 되는 어느 날, 한 사람과의 기억을 더듬
는다. "이제는 밖에서 너를 봐야" 한다고 쓴다. 그리고 "데려올
까 말까 고민도 했"지만, "그렇지만" 데려올 수가 없었다고 고백
한다. "함부로 별자리를 옮길 순 없었"기 때문이라고 그를 향한
마음자리에 가만히 별을 올려놓는다. "오랜만에//올려다본 창//

여전한 너의 무늬//나도 너도 닳지 않았음을//내 키가 한 뼘 자라고//네 빛이 누군가의 빈 것을 덥히는 동안에도//가양동 골목 또한 여전했음을" 한 행을한 행을 한 연으로 둔 여백을 꽉 채운 그의 마음은 고백을 넘어 영혼까지 넘치듯 잔잔하면서도 깊다. 그것은 별빛을 더듬는 그의 마음이 모든 이로 향하는 사랑이 되기 때문이다. 그러니까 "다녀오길//잘했다." 얼핏 무심하게 놓인 듯한 그의 마지막 문장은 세상의 모든 사랑을 다 걸어본 듯 목소리, 진심에서 흘러나와 영혼에 닿은 듯 그렇게 점점 멀어지는 사랑을 통해 흘러나온다. 시가 우리가 살아가는 순간의 진실을 적확하게 표현하는 것이라면 그는 맞다. 그의 시는 숭고를 향한 믿음들을 벗겨낼 수 있는 마음의 피부를 만들고 거기 자취를 남겨온 시간의 결들을 가만히 만져본다.

반듯하게 걸었다고 생각했는데
멀리서 보니 액자가 기울어져 있다

삐뚤어진 벽지에 액자를 맞추었기 때문이다

액자를 바로 잡으니 이번엔
벽지 무늬와 안 맞아 삐딱하게 보인다.

삐딱이

삐딱이

하는 짓마다 삐딱하다고
'삐딱이'라 불리는 우리 반 성호도 혹시

저 액자처럼 바로 서 있는 건 아닐까?

기울어진 벽지에 맞춰
삐딱하게 걸린 액자처럼

어쩌면
우리가 삐딱하게 서 있는 건 아닐까?

—「삐딱이」 전문

　그렇다. 생각보다 인간은 "삐딱하게" 기울어져 있다. 그런 까닭일 것이다. 그의 시는 지나칠 정도로 정직하고 정확하다. 시집의 마지막에 놓인 "삐딱이"처럼, "우리 반 성호"처럼 그리고 모든 우리처럼 그는 꾸밈없는 마음을 있는 그대로 보려 한다. 그의 시는 때론 발칙하고 지독하게 영리하고, 유쾌하지만 서늘하다. 진심이 담겨있기 때문이다. 그가 우리에게 보여주는 장면은 그저 하나의 서사이자 에피소드가 아닐지 모른다. "하는 짓마다 삐딱하다고/'삐딱이'라 불리는 우리 반 성호도 혹시//저 액자처럼 바로 서 있는 건 아닐까?//기울어진 벽지에 맞춰/삐딱하게 걸린 액자처럼//어쩌면/우리가 삐딱하게 서 있는 건 아닐까?" 그에게 시는 이상한 것, 중요한 것, 아름다운 것 우리의 마음속에서 일어나는 그 모든 일을 담아내는 그릇, 곧 진실이기 때문이다.

"착하기는 어려웠다. 그럴수록 나에게 착하다는 말을 수시로 건넸다." (「시인의 말」 중에서) 그의 시가 아름다운 것은 솔직하고 정직하기 때문이다. 삐딱이가 삐딱이에게 건네는 말처럼. 그가 자신에게 건네는 말이 살아갈수록 아득해지는 몸과 마음의 기원을 더듬었기 때문일 것이다. 그리고 우리에게 왔다. 아름답지 않은가? 차마 말할 수 없었던 아픔이……. 그 아픔을 사랑으로 더듬고 싶은 그의 진심이……. 그는 진짜다. 그가 가진 마음이 그 마음을 옮겨 담은 시편들이 그렇다. 그는 시로 삶을 버텨낸다.

시낭송 음원

시낭송 앨범 소개

시음화다   **Drink Poetry, Music and Drawing**
Release Date : 2023-10-22

삐딱하고 허름하고 후미진 구석에 깃든 마음을 詩로 보듬는 조하연(달리)시인의 시와 국악을 기반으로 삶에 스미는 빛을 음악으로 풀어가는 정신혜(Shi-ne)의 음악 그리고 빛과 사랑을 담아 움직이는 그림을 그린 우한영(샤샤)의 작품이 한데 모여 본 앨범(시낭송)으로 탄생했다.

'시음화다'의 새로운 도전이, 빛이 되어
드리워져야 보이는 곳을 볼 수 있는 기회로 닿기를 바란다.

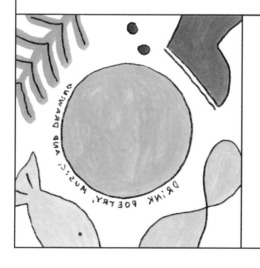

TRACKLIST

TRACK1 숨
시 무게의 중심(p87) / 크리스마스 즈음* / 이리로 저리로*

TRACK2 모춘
시 떠, 남(p64)

TRACK3 소리xX
시 다퉈주세요(p16)

TRACK4 암월
시 switch off(p37) / 비밀*

TRACK5 일, 일, 일
시 약한 것들도* / 금요일 오후*

TRACK6 Contact
시 가로등(p66) / 가양동2(p58)

TRACK7 Flight
시 하관*

TRACK8 O
시 실로폰 알람(p44), 가양동1(p56)

TRACK9 shelter
시 손수건*

*시는 시집 「눈물이 방긋」에 수록

곁애(愛)의 책

동네방네 그림책 시리즈

동네방네 그림책은 실제 마을의 이야기로 꾸려진 그림책입니다.
그림책을 통해 오랜 것의 가치를 다정하게 나누고 싶습니다.

형제설비 보맨 글 조하연 / 그림 카오리
소영이네 생선가게 글 조하연 / 그림 성두경
희희희 미용원 글 파프리카 클럽 / 그림 허회
철길을 걷는 아이 글·그림 김명호

그토록 시리즈

그토록 시리즈는 그대를 토닥이고
또로록 떨어지는 그대의 눈물을 매만시고픈 『곁애(愛)』의 가치입니다.
상처에 바르는 연고처럼, 그대의 아픔에 가닿고 싶습니다.

<시> 이기미칫나! 글 청푸치노 / 그림 이화준
<에세이> 내게로 체크인 ft.하동 글·사진 조하연
<시> 생크림 태양 글 조하연 / 그림 우샤샤

詩장 시리즈

시장의 셔터가 닫히면 비로소 벌어지는 詩장을 상상합니다.
소란한 낮을 딛고 까만 쓸쓸함이 깔리는 무렵, 한 생은 한 편의 시로 뜹니다.
골목이 서가가 되고 마을이 박물관이 되는 상상을 오래도록 하고 싶습니다.

가리봉 호남곱창 시 조하연 / 그림 손찬희
잠시, 시(詩)었다 가자 글 조하연 / 그림 고희진 | ft. 시창작연구소 詩소